Adelhard Winzer, geboren in Karlshuld, Donaumoos, lebt heute im Chiemgau. Erlernte das Bäckerhandwerk. Spielte mit sechzehn in der ersten Band. War Discjockey und als Berufsmusiker in Deutschland, Österreich und der Schweiz unterwegs. Veröffentlichte ein Kinderbuch. Arbeitete in einer Großbank. Wurde zur Lesung in den Grünen Salon der Volksbühne Berlin eingeladen. Belegte den dritten Platz beim Fränkischen Kurzgeschichtenpreis. Widmete sich, nach dem Eintritt ins Pensionsalter, endgültig dem Schreiben und Zeichnen.

ADELHARD
WINZER
REPETITION
Ein Spiel

Bibliografische Information der
Deutschen Nationalbibliothek: Die Deutsche
Nationalbibliothek verzeichnet diese Publikation
in der Deutschen Nationalbibliografie. Detaillierte
bibliografische Daten sind im Internet über
http://dnb.dnb.de abrufbar.

© 2021 Adelhard Winzer
Alle Rechte vorbehalten
Herstellung und Verlag:
BoD – Books on Demand, Norderstedt
Umschlaggestaltung:
Adelhard Winzer

ISBN 9783-754355916

REPETITION

Personen

KOMPARSE / EINS / ZWEI / BEDIENUNG /
KELLNER / FRAUENSTIMME /
MÄNNERSTIMME / PASSANTEN

*Ein Komparse erscheint vor dem
geschlossenem Vorhang. Er hält mehrere
beschriftete Pappkartons in die Höhe, geht
hin und her damit, so dass der Text von allen
Seiten gelesen werden kann: „Das Leben ist
wie eine Litanei. Eine Litanei besteht aus
Wiederholungen. Wenn man etwas macht,
was man schon einmal gemacht hat, ist es
eine Wiederholung. Wiederholungen kann
man erst machen, wenn man etwas schon
einmal gemacht hat. Die meisten Menschen
wiederholen sich. "*

*Der Vorhang geht auf und zwei Figuren
erscheinen auf der Bühne. Auf dem Rückenteil
ihrer Kleidung ist jeweils eine Zahl aufgenäht:
EINS und ZWEI. Darstellung einer Autofahrt,
eines Restaurantbesuchs, eines Spaziergangs,
weder als elegisches Trauerspiel noch als
leichtfertige Posse. Keine zwingende
Anweisung. Neutrales Bühnenlicht. Allein
der Spaziergang am See sollte mysteriöser
erscheinen als die Szene im Biergarten.
EINS ist der Mann. ZWEI die Frau.*

Vor dem Haus

EINS *leicht besorgt* Geht's dir nicht gut?

ZWEI Nicht besonders.

EINS Meinst du, es ist zu weit?

ZWEI Nein.

EINS Also, fahren wir.

ZWEI Ja.

EINS Ich habe das Schlafzimmerfenster zugemacht, hast du es gesehen?

ZWEI Ich hab's gesehen.

Kurze Pause.

ZWEI Mir ist leicht übel, aber vielleicht kommt das vom Kopfweh. Rundherum regnet es, nur hier nicht.

EINS Föhn, eindeutig.

Kurze Pause.

EINS *geht zum Briefkasten* Ah, der Postbote war da.

Ein Auto fährt vorbei, ziemlich leise.

EINS *bleibt verwundert stehen* Den hört man ja gar nicht!

ZWEI Ein Elektroauto, oder?

EINS Ich bin richtig erschrocken!

ZWEI Durchaus möglich, dass es ein Elektroauto war.

EINS *öffnet den Briefkasten* Fast lauter Post für dich.

ZWEI Nichts als Werbung, oder?

Kurze Pause.

EINS Lässt du dir die Kontoauszüge zuschicken?

ZWEI Nein, schon lange nicht mehr.

EINS *hebt ein Kuvert in die Höhe* Scheinbar ist das einer.

ZWEI Rundherum schlechtes Wetter.

EINS Was?

ZWEI Morgen regnet es, ich spür's.

Kurze Pause.

ZWEI Wann fahren wir eigentlich auf die Grintzinger Höhe?

EINS Nächste Woche, wenn du willst.

* * *

Unterwegs

Beide steigen in einen Wagen. EINS startet und fährt los. ZWEI, auf dem Beifahrersitz, blättert die Briefe durch, legt sie dann auf den Rücksitz.

ZWEI Du gehst nachher hoffentlich mit zu der Jubiläumsfeier!

EINS Wenn es unbedingt sein muss.

ZWEI Meine Schwester kann da nämlich nicht so lange bleiben, weil sie im Krankenhaus ihre Schwiegertochter besuchen muss.

EINS Ach, das hab ich ganz vergessen.

ZWEI Wir können nicht nach einer Stunde schon wieder gehen. Ich mag auch nicht alleine sitzen bleiben, also hätte ich gerne, dass du mitkommst.

EINS Kann man das nicht absagen?

ZWEI Nein, nein!

Kurze Pause.

EINS Gestern war so viel Lärm beim Nachbarn. Mich hat gewundert, dass sich niemand beschwert hat!

ZWEI Der ist ja nicht ganz dicht.

EINS Den ganzen Nachmittag hat er Brennholz gesägt – mit der Kettensäge!

Kurze Pause.

ZWEI *aufgeregt* Du musst die Abkürzung nehmen, nimm die Abkürzung!

EINS Ich nehme sie doch.

Kurze Pause.

ZWEI Als ich heute Vormittag in der Gärtnerei war, hab ich gedacht, ich kriege keinen Parkplatz mehr, wegen der Chiemgau-Ausstellung, dann war es aber doch nicht so schlimm.

Kurze Pause.

ZWEI Der Gärtner hat Messepreise gehabt, da habe ich eine Orchidee für zehn statt für zwanzig Euro bekommen.

EINS Messepreise, dass ich nicht lache!

ZWEI Jedenfalls war der Laden brechend voll.

Kurze Pause.

EINS Dem Herrn Landrat schieben sie es vorne und hinten rein, und das Geld wird veruntreut vom Touristenverband, der ist subventioniert worden, hast du das gewusst?

ZWEI Ich hab es gehört, der Skandal geht schon was weiß ich wie lange.

EINS Ja, aber dass die Subventionen kriegen, hab ich auch heute erst erfahren!

ZWEI Die haben das Geld veruntreut, ja.

Kurze Pause.

ZWEI Pass auf, pass auf!

EINS Schon wieder einer mit einem Handy am Steuer.

ZWEI Die gehörten angezeigt.

EINS Überholt mich und biegt rechts ab!

ZWEI Was sind das bloß für Leute.

Kurze Pause.

ZWEI Der Rechtsanwalt, dem ich das Mandat wegen des Autoschadens gegeben habe, rührt sich auch nicht.

EINS Der wird sich denken, wegen der paar hundert Euro!

Kurze Pause.

EINS Ich würde ihn trotzdem noch mal anrufen, den Rechtsanwalt. Hat er nicht deine ganzen Unterlagen?

ZWEI Alles.

EINS Vielleicht ist er im Urlaub.

ZWEI Er hat alle meine Unterlagen. Ich habe ihn angerufen, später eine E-Mail geschickt. Als ich ihn angerufen habe, hat er noch nicht Bescheid gewusst, wahrscheinlich die Unterlagen noch gar nicht angeschaut. Dann hab ich ihm noch eine E-Mail geschickt.

EINS Jetzt musst du halt warten, irgendwas wird er dir schon mitteilen.

Längere Pause.

EINS Ich glaube, die Abkürzung ist gar nicht kürzer.

ZWEI Wie kommst du darauf?

EINS Ob ich jetzt so oder anders fahre, ich glaube, es bleibt sich gleich. Vielleicht wäre die herkömmliche Strecke sogar kürzer.

Kurze Pause.

ZWEI Pass auf, schon wieder ein Verrückter!

EINS Unmöglich.

Kurze Pause.

ZWEI Der fährt, als wäre er allein auf der Straße!

Kurze Pause.

EINS Es macht keinen Spaß mehr.

Längere Pause.

ZWEI Unser neuer Nachbar hat mir heute Schwammerl gezeigt.

EINS Was?

ZWEI Schwammerl!

Kurze Pause.

EINS Was spricht er denn, unser Herr Nachbar?

ZWEI Nicht viel.

Kurze Pause.

ZWEI In die Schwammerl gehen, das würde mir auch gefallen.

EINS Ja, wenn man sie kennt.

ZWEI Ich kenne sie nicht.

EINS Ich auch nicht.

ZWEI Aber er hat gesagt, er könne sie uns zeigen. Der hat Schwammerl in seinem Korb gehabt, die ich noch nie in meinem Leben gesehen habe!

EINS Ich mag sie nicht.

ZWEI Ah, ich schon.

EINS Ich mag das Herumkriechen im Wald nicht, dann bin ich mir nicht sicher, und immer das Gestrüpp, nein, das ist nichts für mich.

ZWEI Ah, es ist so schön im Wald.

EINS Nein, da gehe ich lieber spazieren oder mache eine Radtour.

Kurze Pause.

EINS Wann hast du denn den Nachbarn gesehen?

ZWEI Heute Vormittag. Als er sein Auto mit der Gießkanne abgewaschen hat, sind wir ins Gespräch gekommen. Das brauchst du nicht gießen, hab ich gesagt, das wächst nicht mehr!

EINS Sehr lustig.

ZWEI Ja, hat er gesagt, die Bauern, furchtbar, jetzt war ich bei den Schwammerln und das Auto ist wieder so verdreckt, dabei war ich erst gestern beim Waschen damit! So ist das entstanden.

Kurze Pause.

EINS Was macht er denn mit den Schwammerln?

ZWEI Der weiß es schon, der ist Koch.

EINS Koch?

ZWEI *erschrocken* MENSCHENSKIND, PASS DOCH AUF!

Kurze Pause.

ZWEI Du bringst mich noch zur Verzweiflung!

Kurze Pause.

ZWEI Da hilft dir dein blödes Geschaue auch nicht!

EINS Hör bloß auf jetzt!

ZWEI Warum schaust du denn dauernd nach links?!

EINS Was, ich?

ZWEI Wer sonst?!

Kurze Pause.

ZWEI War es wenigstens eine Hübsche?

EINS Nein, eine Geile!

ZWEI Tatsächlich?

EINS ICH HABE IMMER GERADEAUS GESCHAUT!

ZWEI Um Gottes Willen!

EINS Dann fahr doch du!

ZWEI Sei endlich still!

Kurze Pause.

EINS *bleibt abrupt stehen, steigt aus, geht wütend um den Wagen herum* JETZT FÄHRST DU! DU FÄHRST JETZT!

ZWEI *rutscht verängstigt auf die Fahrerseite* Du kannst ja gar nicht mehr normal sein!

EINS *nimmt auf der Beifahrerseite Platz* Nein, das bist schon du!

ZWEI fährt langsam weiter.

EINS Nur für die andern hast du was übrig.

ZWEI Du etwa nicht?

EINS Nein!

ZWEI Du treibst mich noch zum Wahnsinn!

EINS Pass bloß auf!

Längere Pause.

EINS Was ist jetzt mit deiner Schwester, kannst du mir das verraten? Geht sie früher oder kommt sie erst gar nicht?

ZWEI Sie ist dabei, geht aber früher!

EINS Wann geht sie denn?

ZWEI Das weiß ich nicht.

Kurze Pause.

EINS Und wann seid ihr dort?

ZWEI Um halb drei.

EINS Wieso um halb drei?

ZWEI Da brauchst du doch noch nicht mitgehen!

EINS Was soll das heißen, nicht mitgehen, ich gehe um halb vier!

ZWEI Das nutzt mir überhaupt nichts, wenn meine Schwester auch um halb vier Uhr geht!

EINS Ah – du willst nicht allein bleiben, dir geht es nur darum, dass du nicht alleine bist, stimmt's?

ZWEI *aufgebracht* JAAA!

EINS Na also, warum sagst du das nicht gleich?!

Kurze Pause.

ZWEI *versöhnlich* Bleib doch wenigstens eine Stunde.

EINS Ich komme einfach später und Schluss!

ZWEI Ja, so habe ich mir das auch gedacht.

Kurze Pause.

EINS Vorsicht, der Wagen vor dir wird langsamer.

Kurze Pause.

EINS Hup mal.

Kurze Pause.

EINS Ja, überhol ihn doch!

Kurze Pause.

ZWEI Was ist jetzt los!?

Kurze Pause.

EINS Das war ein Kind!

ZWEI Wo?

EINS Du hast vielleicht Nerven!

Kurze Pause.

EINS Jetzt hast du wirklich Glück gehabt!

Längere Pause.

ZWEI *ablenkend* Ich möchte nicht wissen,

was das für Leute sind, die bei uns im Eckhaus einziehen.

EINS Das ist eine Familie mit halbwüchsigen Kindern.

ZWEI Also doch, ich habe sie neulich laufen sehen!

EINS Man kann sie sich nicht aussuchen.

Kurze Pause.

ZWEI Ist morgen nicht Flohmarkt?

EINS Ja, aber da werden die Bücher so lieblos präsentiert, dass ich sie gar nicht erst anschauen mag.

ZWEI Vielleicht ist der Buchhändler mit unserer Ramschkiste auch dort.

EINS Nur wegen der paar Bücher geht der da nicht hin, der kauft doch selber, findet immer Raritäten, aber so früh will ich nicht aufstehen. Ich muss ja auch nicht alles haben, erst wenn ich die Bücher sehe, denke ich immer, das hab ich noch nicht, und das, und komme dann mit einer Tasche voll Bücher heim, die ich nicht brauche!

Längere Pause.

ZWEI Heute haben sich die Leute vor der Tankstelle aufgeführt, als gebe es kein Benzin mehr, bis auf die Straße hinaus sind sie gestanden. Der Mann hinter mir hat anscheinend geschlafen, kaum bin ich weitergefahren, hat sich ein Mercedes reingezwängt, auf einmal hat er gehupt wie verrückt, aber da war der Mercedes schon drin!

Kurze Pause.

ZWEI Schau, wie schön die Bäume sind und das Laub.

EINS Du sollst auf die Straße schauen.

Kurze Pause.

EINS Pass auf, schon wieder so ein Träumer!

Kurze Pause.

EINS Der macht Brotzeit.

Kurze Pause.

ZWEI Kruzifünferl nochmal!

Kurze Pause.

EINS Überhol ihn endlich.

ZWEI Red nicht so viel!

EINS Vorsicht!

Kurze Pause.

ZWEI Ist das vielleicht schon der Biergarten?

EINS Ja, du musst links!

ZWEI bleibt vor der Einfahrt eines Restaurants stehen.

EINS Herrgott, warum bleibst du denn stehen!

ZWEI Ich glaube, ich komme nicht rein.

Kurze Pause.

EINS Fahr doch!

ZWEI rangiert hin und her.

ZWEI Ich schaffe es nicht!

EINS Mehr links.

Kurze Pause.

EINS Fahr endlich!

Kurze Pause.

EINS Fahr!

ZWEI hat den Parkplatz erreicht und bleibt stehen.

* * *

Biergarten

EINS und ZWEI steigen aus dem Wagen.

EINS Na also!

ZWEI *sichtlich erleichtert* Danke!

Längere Pause.

ZWEI Neulich ist mir der Gang rausgesprungen.

EINS Was?

ZWEI Der Gang vom Auto!

EINS Hast du da die Handbremse nicht angezogen?

ZWEI Doch, hab ich.

Beide gehen Richtung Biergarten.

EINS Wo ist dir denn der Gang rausgesprungen?

ZWEI Bei meiner Schwester, hab ich dir

das nicht gesagt?

EINS Nein!

ZWEI Rückwärts ist der Wagen gelaufen, aber es nichts passiert.

EINS Was, nichts passiert?

ZWEI Er ist nur ein kleines Stück rückwärtsgelaufen, nur ein kurzes Stück.

EINS Und dann?

ZWEI An den Zaun ist er gerollt.

EINS An den Gartenzaun von deiner Schwester?

ZWEI Nein, ich hab doch gesagt, nichts ist passiert!

Beide bleiben vor einer großen Speisekarte stehen.

EINS *liest vor* RENKE – BRACHSE – OCHSE – RINDERSATTEL.

ZWEI *blickt in die Runde* Schau, da drüben wäre ein Platz in der Sonne!

EINS Ja.

Beide gehen auf einen leeren Tisch zu.

ZWEI Aber da ist ja überall reserviert!

Kurze Pause.

ZWEI Frag doch mal die Bedienung.

EINS *geht zu einer Bedienung, die Tische eindeckt* Entschuldigung, ist hier alles reserviert?

BEDIENUNG Ja, wir haben eine Hochzeit und eine Geburtstagsfeier.

EINS Wo können wir uns denn hinsetzen?

BEDIENUNG *deutet mit der Hand* Da drüben, an der Wand.

ZWEI *kommt näher* Und?

EINS Nur noch da drüben.

ZWEI *enttäuscht* Voll im Schatten!

EINS Leider.

Beide gehen auf einen kleinen Tisch zu.

ZWEI Kommt da vielleicht ein ganzer Bus?!

EINS Die Bedienung hat was von Hochzeit und Geburtstag gesagt.

ZWEI Das kann man ja fast nicht glauben.

EINS Bleiben wir?

ZWEI Setzen wir uns.

Beide setzen sich.

ZWEI Obwohl es hier nicht besonders schön ist!

Ein Kellner erscheint.

KELLERN Grüß Gott!

EINS Was ist denn hier los, die besten Plätze sind besetzt?

Kellner versteht nicht.

ZWEI Warum sind da drüben sämtliche Plätze reserviert?

KELLNER Wir haben Hochzeit, Geburtstag und eine Taufe.

EINS *lächelnd* Und wir haben Hunger.

Kurze Pause.

KELLNER Darf ich Ihnen schon was zu trinken bringen?

EINS Ein leichtes Weißbier, bitte.

ZWEI Für mich ein kleines Wasser.

KELLNER Mit oder ohne Kohlensäure?

ZWEI Ohne Kohlensäure!

Kurze Pause.

EINS Was empfehlen Sie denn heute?

KELLNER Krustenbraten ist aus, Brachse wurden nicht gefischt.

EINS Wie bitte?

KELLNER Wollen Sie die Karte?

EINS Ja!

Kellner legt zwei Speisekarten auf den Tisch.

ZWEI Danke, wir schauen erst mal.

Kellner verschwindet wieder.

EINS *öffnet die Karte* Tischwein, Zweigelt. Krustenbraten haben sie nicht, dafür Schnitzel Wiener Art. Ich glaube, ich nehme das Schnitzel, und du?

ZWEI Mir ist kalt.

Kurze Pause.

EINS Soll ich dir die Jacke aus dem Auto holen?

ZWEI Ja, bitte!

EINS Für mich Wiener Schnitzel, wenn der Kellner kommt.

EINS geht zum Auto, ZWEI studiert die Speisekarte, macht sie wieder zu, holt ihr Handy aus der Tasche. Kellner erscheint am Tisch.

KELLNER Haben Sie schon gewählt?

ZWEI Nein, ich warte, bis mein Mann zurück ist.

Kellner verschwindet. ZWEI öffnet ihr Handy, schreibt eine SMS, vertippt sich mehrmals. EINS kehrt mit der Jacke zurück.

EINS Ist das dein neues Handy?

ZWEI Ja!

EINS reicht ihr die Jacke, setzt sich wieder.

ZWEI *spöttisch* Die haben nicht mal einen Salatteller!

EINS legt demonstrativ einen Schlüsselbund auf den Tisch.

ZWEI Was ist das?

EINS Die Hausschlüssel, die hast du im Auto liegen lassen!

ZWEI *schaut unbeeindruckt auf einen großen Teller, den der Kellner an ihnen vorbeiträgt* Was bringt er denn?

EINS Keine Ahnung, das ist nicht für uns.

Kurze Pause.

ZWEI Der lässt sich aber Zeit.

EINS winkte dem Kellner.

ZWEI Hallo!

Kellner erscheint am Tisch.

KELLNER Wollen Sie schon bestellen?

EINS Ja!

ZWEI Haben Sie einen Salatteller?

KELLNER *überlegt* Wir können Ihnen einen großen Salatteller machen.

ZWEI Was gibt es denn dazu?

KELLNER Möchten Sie vielleicht Pute?

ZWEI Was haben Sie noch?

KELLNER Was Sie gerne haben wollen.

ZWEI Ich weiß aber nicht, was Sie haben.

KELLNER Bitte schauen Sie.

ZWEI *öffnet die Speisekarte* Hier steht NEPTUN. Ist das warm oder kalt?

KELLNER Ist kalt.

ZWEI Nein, dann hätte ich gerne einen Salatteller mit Pute.

KELLNER Jawohl.

Kurze Pause.

ZWEI Aber bitte mit Essig und Öl!

KELLNER Selbstverständlich.

ZWEI Wie groß ist denn der Salatteller?

Kellner macht eine Handbewegung.

ZWEI Also dann, einen normalen Salatteller mit Pute.

KELLNER Mit Putenstreifen, natürlich.

Kurze Pause.

EINS Für mich ein Wiener Schnitzel.

KELLNER Wir haben nur Schnitzel Wiener Art.

EINS Das meinte ich ja!

Kurze Pause.

EINS Ist da ein Salat dabei?

Kellner schüttelt den Kopf.

EINS Dann Schnitzel Wiener Art mit Pommes frites, bitte.

KELLNER Jawohl!

Kellner dreht sich um.

EINS Das leichte Weißbier, haben Sie das vergessen?

KELLNER *bleibt stehen* Das leichte Weißbier habe ich etwas zu schnell eingeschenkt.

EINS *lächelnd* Ah, das geht mir auch manchmal so.

Kellner verschwindet.

ZWEI Seltsamer Typ.

Längere Pause.

EINS *fixiert einen Gast* So wie der Mann dort aussieht, hat der Onkel Otto in seinen besten Jahren ausgesehen. Gewellte Haare hat er gehabt, nicht geföhnt oder eingedreht, Naturwellen, die haben der Tante Rosa gefallen.

ZWEI Mein Papa war auch ein fescher Mann!

EINS Aber der Onkel Otto war nie aggressiv, ich kann mich nicht erinnern, dass der mal böse gewesen wäre.

Kurze Pause.

EINS Erinnerst du dich an die Hochzeit von der Ilse, beim Brautverziehen war der Onkel Otto nicht dabei, der hat sich ins Auto gesetzt und Sportberichte angehört, der Onkel Otto wollte den Trubel nicht, der hat gesagt, das Brautverziehen mache ich nicht mit, weil es ja auch wirklich ein großer Schmarren ist, gesoffen wird und sonst nichts, was soll denn da schön sein, hat er gesagt, außerdem muss ich am Abend wieder mit dem Auto nachhause fahren.

ZWEI Vielleicht hat es da irgendwann mal eine Unstimmigkeit gegeben bei einer Hochzeit.

EINS Ich weiß nicht, ob es eine Unstimmigkeit gegeben hat, der Onkel Otto war jedenfalls immer ein friedlicher Mensch.

Kurze Pause.

EINS Wir sind ja auch erst am Schluss zum Brautverziehen gegangen, waren nicht gleich von Anfang an dabei.

ZWEI Glaubst du, dass ich mich an die Hochzeit nicht mehr erinnere?

EINS Auch nicht an den kleinen Willibald, der sich unter unserem Tisch immer versteckt hat?

ZWEI Ach, der so schüchtern war, dafür aber schon mit drei Jahren Computer gespielt hat – ja, ich erinnere mich!

EINS Das mit dem Computer war später, da bringst du was durcheinander.

ZWEI Wo war denn die Hochzeit?

Kurze Pause.

ZWEI Sind wir da nicht zu Fuß von der Kirche aus zur Wirtschaft gegangen? Jetzt weiß ich es wieder – vor der Kirche haben sie weiße Tauben aufsteigen lassen!

EINS Genau, und der Onkel Otto wollte nicht zum Brautverziehen!

Kurze Pause.

EINS Wir waren hinten im Saal gesessen und vorne in der Wirtsstube haben sie bereits gegrölt, da ist der Hochzeitslader gekommen und hat gebettelt, kommt doch auch zum Brautverziehen, da waren fast alle schon betrunken, die Tante Rosa auch, nachher hat sie einen Liter Wasser gebraucht, um wieder nüchtern zu werden, und der Onkel Otto hat sich geschämt.

ZWEI Dass du das noch weißt?

EINS Das werde ich so schnell auch nicht vergessen.

ZWEI Wieso?

EINS Weil sie mich damals enterbt haben!

ZWEI Bitte, fang nicht wieder damit an!

EINS Du hast mich gefragt.

ZWEI Aber ich hab nicht gewusst, dass alles mit der Hochzeit zusammenhängt.

EINS Jetzt weißt du es!

Kurze Pause.

ZWEI Mir ist kalt.

EINS Auf der Terrasse von der Grintzinger Höhe wäre es noch kälter.

ZWEI Wir sind aber nicht auf der Grintzinger Höhe!

Längere Pause.

ZWEI Schau mal, der Vogel, das muss ein Baumläufer sein, wie der da kopfüber herunterläuft!

EINS Das ist eine Meise.

ZWEI Das ist keine Meise – jetzt hat sich das Vogerl den Schnabel geputzt, hast du nicht gesehen, wie es sich den Schnabel an der Baumrinde geputzt hat?

EINS Nein!

Längere Pause.

EINS Als ich die Jacke für dich geholt habe, war eine Frau vor dem Eingang gestanden und hat die Speisekarte studiert. Ich hab gedacht, das ist die Inge!

ZWEI Und, war sie es?

EINS Nein, jedenfalls hat sie sich nicht zu erkennen gegeben.

ZWEI Und du?

EINS Was, ich? Damit du mir wieder vorhalten kannst, ich würde fremde Frauen ansprechen!

Kellner geht am Tisch vorbei.

EINS *provozierend laut* Ist es schon

zusammengefallen, das leichte Weißbier?!

Kellner reagiert nicht.

ZWEI Der hört schlecht.

Kurze Pause.

EINS Wo muss deine Schwester gleich wieder hin?

ZWEI Ins Krankenhaus zu ihrer Schwiegertochter.

Kurze Pause.

ZWEI *holt ihr Handy aus der Tasche, öffnet es* Schau, schon hab ich eine Nachricht von ihr.

EINS Was schreibt sie denn?

ZWEI WIR SITZEN IM CAFÉ!

Kellner erscheint mit den Getränken.

EINS Ah, das leichte Weißbier kommt!

Kellner stellt sein Tablett auf den Tisch.

EINS *lächelnd* Ist es schwer?

KELLNER Wie bitte?

EINS Ob es schwer ist, das Leichte?

Kellner geht nicht darauf ein.

EINS Man muss es nur erwarten können.

KELLNER Bitte sehr, Wasser und Weißbier!

EINS Danke sehr!

Kellner verschwindet wieder.

ZWEI *wählt eine Nummer auf ihrem Handy und blickt in die Runde* Weißt du jetzt, wann du gehen musst? – Aber ihr könnt doch auch morgen fahren – Oder hinterher – Was? – Wann musst du denn fahren? – Wie du meinst! *Klappt ihr Handy wieder zu.*

EINS Gibt es Probleme?

ZWEI Nein, keine Probleme.

Beide heben ihre Gläser und prosten sich zu.

EINS Auf das Jubiläumspaar!

Kurze Pause.

ZWEI Genau!

Kurze Pause.

EINS Erinnerst du dich, als wir sie einmal eingeladen haben, wollten sie gleich wieder gehen. Sind aber dann umgekehrt, weil es bei uns was zu essen gab und bei den anderen nicht!

ZWEI Ja, jedenfalls waren sie so ehrlich und haben es gesagt.

Kurze Pause.

EINS Schau, da drüben geht die Frau Wirtin.

ZWEI Im Trachtenkleid!

Kurze Pause.

EINS Und wie sie grinst.

Kurze Pause.

EINS Ich hab mal einen Arbeitskollegen gehabt, der hat immer auf Strahlemann gemacht, irgendwann habe ich ihn erwischt, als er sich nicht beobachtet fühlte, da hat er so zuwider geschaut, dass ich dachte, es ist ein anderer Mensch!

Kurze Pause.

ZWEI *blickt sich um* Woher kommen jetzt auf einmal all die Leute, ist das vielleicht die Hochzeitsgesellschaft?

EINS Nein, das sind lauter Radlfahrer.

ZWEI Ja, tatsächlich!

Beide fangen zu kichern an.

ZWEI Ich war gestern noch mit der Kleinen unterwegs, da kam uns der Bürgermeister entgegen. Onkel, hat sie gerufen. Weil von weitem sieht er wirklich aus wie du.

EINS Und dann?

ZWEI Alles Mögliche hat sie ihm erzählt, dass sie schon in den Kindergarten geht, und dass sie einen Kaugummi bekommen hat von ihrer Mama.

EINS Sagt sie immer noch KAUNTERIE dazu?

ZWEI Ja!

EINS Was hat ihr neulich unsere Nachbarin geschenkt – Lachgummis?

ZWEI Genau! Geht sie doch bei ihr auf einen Schrank zu und sagt: DAS MAG ICH! DAS! Macht den Schubladen auf und deutet auf die Lachgummis!

Kellner geht vorbei.

EINS *laut* Dann warten wir halt noch eine halbe Stunde!

Kellner reagiert nicht, bleibt am Nebentisch stehen, verschwindet wieder.

ZWEI Was haben die da drüben gesagt?

EINS Einmal Dampfnudeln, bitte.

ZWEI Wollen wir auch Dampfnudeln?

EINS Nein, keine Dampfnudeln!

Kurze Pause.

ZWEI Gibt es auf der Grintzinger Höhe nur eine Terrasse?

EINS Nein, da gibt es auch ein Lokal, aber die Leute wollen alle auf die Terrasse, weil wenn da am Spätnachmittag die Sonne von hinten die Bergkette anleuchtet, sieht man fast jeden Spalt im Felsen und der Chiemsee zeigt sich von der schönsten Seite.

ZWEI Dann fahren wir doch endlich mal hin.

EINS Ja, damit du sie auch mal gesehen hast, die Gäste. In Mäntel gehüllt, mit Sonnenbrille, Schal und Zipfelmütze.

ZWEI Was?

EINS Selbst im Sommer geht da oben so ein

kalter Wind, dass du es ohne Mantel und Mütze nicht aushältst.

ZWEI Dann eben nicht!

Kurze Pause.

ZWEI *dreht den Kopf zur Seite* Weil ich da drüben gerade die Paprikaschoten sehe – ich kann die nicht so gut wie Mama sie immer gemacht hat, die würden dir bestimmt nicht schmecken.

EINS Du machst doch morgen Rouladen, hast du gesagt.

ZWEI Ja, es ist mir bloß eingefallen, weil ich die Paprikaschoten gesehen habe.

EINS Ich glaube, die hast du früher schon mal gemacht.

ZWEI Haben sie dir da geschmeckt?

EINS Das weiß ich nicht mehr, ich glaube, es waren Krautwickerl?

ZWEI Krautwickerl habe ich noch nie in

meinem Leben gemacht! Die gab es nur in der
Kantine, weißt du das nicht mehr?

Kurze Pause.

EINS Ein Hackbraten wäre auch nicht
schlecht. Aber nur mit frischem Hackfleisch.

ZWEI Ich kaufe nur frisches Hackfleisch.

Kellner erscheint, stellt den Salatteller ab.

ZWEI Na endlich!

KELLNER Guten Appetit.

ZWEI Danke!

Kellner verschwindet wieder.

EINS Hat er nicht Putenstreifen gesagt?

ZWEI Ja!

EINS Das sind ja Schnitzel!

ZWEI Willst du mal probieren?

EINS Nein, ich kriege wahrscheinlich ein noch größeres Stück!

Kurze Pause.

ZWEI *verärgert* Der ist ja alt!

EINS Wer?

ZWEI Der Salat.

EINS Abgestanden, oder?

ZWEI Nein, richtig alt!

EINS Das würde ich aber sagen.

ZWEI Jetzt esse ich schon.

EINS Und wenn er fragt, ob es geschmeckt hat?

ZWEI Dann ist es zu spät.

EINS Hast du nicht mit Essig und Öl bestellt?

Kellner erscheint.

KELLNER Bitte schön, Schnitzel Wiener Art!

EINS *schmunzelnd* Extra eingeflogen aus Wien?

Kellner reagiert nicht, verschwindet wieder.

EINS Hab ich es nicht gesagt, das Schnitzel ist größer als der Teller!

Kurze Pause.

ZWEI Und, schmeckt's?

EINS Nicht schlecht.

ZWEI Kann ich ein paar Pommes haben?

EINS So viel du willst!

Längere Pause.

EINS Schau mal, alle Tische sind noch frei. Die Hochzeitsgäste kommen wahrscheinlich erst zum Kaffeetrinken.

Kellner erscheint.

KELLNER Alles recht?

ZWEI Salat ist welk.

KELLNER Bitte?

ZWEI Der Salat ist welk!

KELLNER Kommt direkt aus der Küche.

ZWEI Trotzdem, er ist welk.

KELLNER Ich werde das weitergeben.

Kellner verschwindet wieder.

EINS Das hast du jetzt von deiner Beschwerde.

Aus der Ferne ertönt das Krähen eines Hahnes.

EINS Hey, hast du den Gockel gehört!?

ZWEI Ja, hab ich.

EINS Der steht aber spät auf, hat wohl durchgemacht letzte Nacht.

ZWEI Oder die Hühner haben gestritten.

EINS So wie wir?

ZWEI Hör bloß auf!

Wieder das Krähen eines Hahnes.

EINS Du, der ist wirklich erst aufgestanden!

Längere Pause.

ZWEI Unsere Frau Nachbarin hat jetzt wieder ihr altes Gewicht.

EINS Was?

ZWEI Die hat zugenommen, aber wie!

EINS Von mir aus.

ZWEI Was die vor ein paar Jahren gemacht hat, das war eine Diät, und wenn man aufhört damit, nimmt man zu wie blöd.

EINS Ich weiß, der Körper holt sich alles zurück.

ZWEI Jetzt will sie wieder eine Diät machen, weil sie durch das Zunehmen keine passenden Kleider mehr hat.

Der Hahn beginnt wieder zu krähen.

ZWEI Ich hab auch alles nachkaufen müssen, hab ich gesagt, mir ging es genauso.

Kurze Pause.

ZWEI *zeigt ihren Arm* Da hab ich mich am Tisch gestoßen. Ein blauer Fleck. Als die Kleine das gesehen hat, hat sie nur gelacht.

EINS Die versteht es halt noch nicht.

ZWEI Klar, sie hat gedacht, ich hätte mich angemalt.

Kurze Pause.

EINS Wie geht es ihr denn zu Hause?

ZWEI Ihre Mama müsste härter durchgreifen. Sie sagt jetzt schon, das Kind macht nicht mehr, was ich sage, sondern nur noch, was es will.

EINS Alles Erziehungssache.

ZWEI Die beiden kämpfen wie blöd.

EINS Das kann ich mir vorstellen.

ZWEI Die Mama schreit, die Kleine auch, und die Große traut sich nichts zu sagen!

EINS An so etwas kann ich mich nicht erinnern, dass ich meine Mutter angeschrien hätte als Kind, da hab ich gar nichts zu sagen gehabt.

ZWEI Freilich, so was kam überhaupt nicht in Frage.

EINS Das hat es einfach nicht gegeben!

ZWEI Meine Schwester und ich waren auch so unterschiedlich, ich war das schüchterne Kind, durch das Schreien vom Papa, hab ich mich nichts sagen getraut, und so ist die Große auch, dafür war meine Schwester die Wilde, die hat gesagt: UND WENN ER MICH

ERSCHLÄGT, ICH HALTE NICHT MEINEN MUND!

EINS Hat sie das gesagt?

ZWEI Ja.

EINS Schon als Kind?

Kellner erscheint.

KELLNER *besorgt* Ist wenigstens mit Ihrem Schnitzel alles in Ordnung?

EINS Ja, alles in Ordnung.

KELLNER Das freut mich.

Kellner verschwindet.

ZWEI Wie nett er das gesagt hat.

Der Hahn beginnt wieder zu krähen.

EINS Ja, wo sind wir denn, auf dem Bauernhof – oder in einem Lokal vom TOURISTENVERBAND?!

ZWEI Nicht so laut.

EINS Und wenn schon!

ZWEI Das muss nicht sein.

EINS Siehst du jemanden, der sich umblickt nach uns?

ZWEI Trotzdem.

Ein Kind beginnt zu schreien.

EINS Hörst du, das Kind traut sich
was!

Kurze Pause.

ZWEI Früher waren die Fronten anders.

EINS Ich weiß, auf dem Bauernhof hatte der Bauer das Sagen, dann erst die Bäuerin.

ZWEI Das war früher einfach so, der Vater hat immer den Ton angegeben!

Kurze Pause.

ZWEI Wenn der Papa von der Arbeit heimkam, haben wir vorher alles aufräumen müssen als Kinder! Weil wir gewusst haben, der kommt um fünf Uhr, ist alles aufgeräumt worden. Die Mama hat ihre Nähmaschine weggeräumt und wir Kinder haben die Spielsachen aufgeräumt, alles haben wir aufgeräumt. Da war mir dann der Papa auf der Eckbank schräg gegenübergesessen und hat Zeitung gelesen.

EINS Ah, mein Vater hat auch immer Zeitung gelesen, alles hat er gelesen und dann wieder von vorne angefangen, regelrecht festgehalten hat er sich an der Zeitung!

ZWEI Wenn der Papa die Zeitung gelesen hat, mussten wir mucksmäuschenstill sein.

EINS Mein Vater hat sich buchstäblich versteckt hinter der Zeitung. Wenn er gelesen hat, habe ich nur noch seine verkrampften Finger gesehen.

Längere Pause.

ZWEI Hast du bemerkt, der Auswuchs an meinem Auge ist größer geworden.

EINS Ich sehe nichts.

ZWEI Dann setz die Brille auf.

EINS Ich bin weitsichtig, das weißt du doch.

ZWEI Also, ist es schlimmer geworden – JA oder NEIN?

EINS NEIN!

Kellner geht vorbei.

ZWEI *deutet mit der Hand* Ist dir schon aufgefallen, wie eigenartig der Kellner geht?

EINS Vielleicht ist er vom anderen Ufer.

Kurze Pause.

EINS Soll ich ihn mal fragen?

ZWEI Nein, das nutzt nichts. Anstatt dass die Regierung für unsere Kinder mehr tun würde, ändern sie jetzt die Gesetze!

Kurze Pause.

ZWEI Auf der LOVEPARADE führen sie sich auf, als hätten sie den Krieg gewonnen. Ich sehe keinen einzigen Grund, dass man sich so aufführt. Von wegen BEFREIUNG! Nur in der Masse fühlen sie sich stark, überrollen uns, als gäbe es nur noch sie. Und die Politiker gehen mit ihnen auf Stimmenfang!

EINS *verwundert* So kenne ich dich gar nicht.

ZWEI Wo bleiben denn die versprochenen Kindergärten?!

Kellner geht vorbei.

ZWEI Wäre das ein Lokal mit Stil, hätte der Kellner den Salatteller längst mitgenommen! Da wäre er nur so gerannt, der Herr Kellner!

Kurze Pause.

EINS Hast du die Hochglanzbroschüren im Eingangsbereich gesehen, wo die Lokale aus der Umgebung aufgeführt sind – wie sie protzen mit ihrem Chiemsee!

Kurze Pause.

EINS Und wenn der Touristenverband zehn Million spendet für sie, der Chiemsee gehört ihnen trotzdem nicht!

Kurze Pause.

EINS Jetzt hab ich mir auf die Lippen gebissen!

ZWEI Vielleicht als Strafe.

Längere Pause.

EINS Ein Wiener Schnitzel könntest du mal wieder machen, aber ein richtiges!

ZWEI Das mache ich dir nächste Woche.

EINS Hab ich nicht einen Essensplan aufgestellt?

ZWEI Davon darf ich die Hälfte nicht essen.

EINS Wieso nicht?

ZWEI Essen dürfte ich eigentlich alles, aber nur in Maßen!

EINS Auch einen Gänsebraten mit Blaukraut und Knödel?

ZWEI geht nicht darauf ein, fängt mit ihrem Handy zu spielen an.

EINS Bist du froh, dass wir nicht aufs Oktoberfest gefahren sind?

ZWEI Das Oktoberfest brauche ich nicht!

EINS Vielleicht ergibt es sich, dass ich mich dort mit meinem Freund treffe.

ZWEI Dann mach gleich einen Termin aus, hier ist das Handy!

EINS Was drängst du denn so?

Kurze Pause.

EINS Es gibt einen Satz, der lautet: SPRICH DEINE GEDANKEN AUS, SO DASS SIE JEDER HÖREN KANN! Aber gemeint ist damit, man soll sich vorher überlegen, was man sagt. Vor allem, wenn man ein Handy hat!

Kurze Pause.

EINS Hast du genügend Geld?

ZWEI Wieso?

EINS Falls der Kellner kommt, ich muss auf die Toilette.

ZWEI Wenn du ihn siehst, kannst du ihn ruhig herschicken.

EINS steht auf und verschwindet.

ZWEI *öffnet ihr Handy* Hallo, lieber Anrufbeantworter – Wir kommen wahrscheinlich etwas später – Denk bitte daran – Bis bald!

ZWEI schließt ihr Handy, blickt in die Runde, studiert die Speisekarte. Am Nebentisch fängt ein Paar laut zu sprechen an.

FRAUENSTIMME Wo warst du denn so lange?

MÄNNERSTIMME Hab ich es dir nicht gesagt!

Kurze Pause.

FRAUENSTIMME Und wo ist die Bedienung?

MÄNNERSTIMME Du wolltest doch hierher!

Kurze Pause.

FRAUENSTIMME Sich gegenseitig bekämpfen und austricksen. Das Böse im Menschen, nicht das Gute!

MÄNNERSTIMME Du bist echt ätzend.

FRAUENSTIMME Und die Kritiker halten Vorträge über verstorbene Autoren, kriegen Auftritte im Fernsehen. Diese Leichenfledderer! Verdienen sich eine goldene Nase damit und hindern uns am Weitergehen!

MÄNNERSTIMME Du weißt, wie es funktioniert?

FRAUENSTIMME Du etwa nicht!?

ZWEI nimmt einen Schluck von ihrem Wasser.

FRAUENSTIMME Es geht nur noch ums Fressen, Ficken und Saufen!

MÄNNERSTIMME Krass!

Kurze Pause.

FRAUENSTIMME Das Gehässige im Menschen, nicht das Versöhnliche. Das Hässliche, nicht das Schöne. Das Dunkle, nicht das Erhellende! Hass und Ekel, Dreck!

Kellner erscheint am Nebentisch.

KELLNER Grüß Gott! Krustenbraten ist aus, Brachse wurden nicht gefischt.

MÄNNERSTIMME Was – wer ist gestorben?

Kellner wiederholt sein Sprüchlein.

MÄNNERSTIMME Können Sie kein Deutsch?

Kurze Pause.

FRAUENSTIMME Wo ist der Geschäftsführer?

KELLNER Hier gibt es keinen Geschäftsführer.

EINS kehrt zurück.

ZWEI hält ihren Finger an den Mund.

EINS *verwundert* Was ist denn da drüben los?

ZWEI Keine Ahnung.

EINS Hast du schon bezahlt?

ZWEI Nein.

EINS *laut* HERR OBER – ZAHLEN – BITTE!

ZWEI Muss das sein?!

Kellner erscheint mit einem kleinen Kassenapparat, tippt etwas, reißt einen Zettel ab.

EINS Jetzt bin ich aber gespannt.

KELLNER *weit ausholend* Also! Bitte sehr, die Herrschaft! Macht Neununddreißigneunzig!

EINS Wie viel?

Kellner wiederholt die Summe.

EINS *legt zwei Geldscheine auf den Tisch* Passt!

KELLNER Ich danke.

Kellner verschwindet.

ZWEI Stimmt das auch?

EINS Das ist mir jetzt ehrlich gesagt egal!

* * *

Der Spaziergang

Beide stehen auf und verlassen den Biergarten.
Die Sonne scheint. Der See und die Berge im
Vordergrund. Beide bleiben stehen, setzen ihre
Sonnenbrillen auf.

EINS *überschwänglich* Schau mal!

ZWEI Der Chiemsee spielt verrückt.

EINS Und die Berge, man sieht bis zur
Baumgrenze, Wahnsinn!

Kurze Pause.

ZWEI Die Landschaft hebt das schlechte
Essen wieder auf.

EINS Ohne Sonnenbrille stirbst du.

ZWEI Die Kampenwand, und dahinter das
Kaisergebirge!

Kurze Pause.

EINS *noch immer euphorisch* Von Seebruck
aus sieht man viel mehr, ich sag dir, von

Seebruck aus sieht man alles! Auch wenn Seebruck selbst nicht so schön ist.

ZWEI Dafür sieht man hier bis zum Gipfel hinauf!

EINS Da wird einem ganz schwindlig.

Kurze Pause.

ZWEI Wie heißt der Berg gleich wieder?

EINS Ist doch egal.

Beide gehen langsam weiter.

ZWEI Der Bach da drüben, fließt der in den Chiemsee?

EINS Die Tiroler Ache fließt in den Chiemsee, das weiß ich, das haben wir in der Schule gelernt.

ZWEI Und kommt als Alz wieder heraus.

EINS Genau!

Kurze Pause.

EINS Ich bräuchte jetzt was zu trinken, für die Verdauung.

ZWEI Da vorne kommt ein Bierausschank.

EINS Nein, lieber nicht.

Kurze Pause.

EINS Was ist das für ein Baum, eine Esche?

ZWEI Keine Ahnung.

EINS Ja, das ist eine Esche!

Kurze Pause.

EINS Wenn es hier irgendwo ein Eis gibt, kaufe ich mir eines zur Verdauung.

ZWEI Du immer mit deiner Verdauung!

EINS Sei froh, dass du die Galle noch hast.

ZWEI Allzu weit will ich nicht mehr gehen, nicht dass es eine Hetzerei wird. Wir müssen noch zu der Feier, das weißt du.

Kurze Pause.

EINS *deutet mit der Hand* Arbeitet da vorne in dem Hotel nicht die Tochter von deiner Freundin?

ZWEI Stimmt! Die war in der Schule nicht gut, hat nur den Quali. Ein Jahr lang war sie zu Hause, hat überhaupt nicht gewusst, was sie machen soll.

Eine Wiese erscheint.

EINS Das hier werden sie hoffentlich nicht zubauen, weil so etwas braucht man, eine Wiese, einen Baum!

Kurze Pause.

ZWEI So was braucht man immer!

EINS Trotzdem möchte ich hier nicht wohnen.

ZWEI Ja, direkt hier würde es mir auch nicht gefallen.

Kurze Pause.

EINS Schau mal, da gibt es tatsächlich einen Wegmacher.

ZWEI Schmarren, das Lokal heißt so.

EINS Das ist kein Schmarren, das war früher ein Beruf, der Wegmacher, der hat sich noch um die Wege gekümmert, Schotterwege, Kieswege, mit einem Schubkarren war der unterwegs, weißt du das?

ZWEI Freilich, bei uns gibt es auch noch einen!

EINS Ich glaube, der braucht sich nicht ärgern, der ist immer draußen an der frischen Luft und genießt seine Freiheit.

ZWEI Straßenkehrer hat man früher gesagt!

Kurze Pause.

EINS Ein Schnaps wäre jetzt nicht schlecht.

ZWEI Gehen wir lieber noch ein Stück.

EINS Da vorne verkaufen sie
OKTOBERFESTBIER!

ZWEI Hast du die Preise gesehen?

EINS Total übergeschnappt!

Kurze Pause.

ZWEI Da ist das Hotel, in dem das Mädchen
arbeitet.

EINS Willst du es etwa besuchen?

ZWEI Nein, kehren wir wieder um.

Beide gehen zurück.

EINS Schau, da drüben liegt eine Nackte.

ZWEI So schön ist die auch wieder
nicht.

EINS Die vernascht jetzt der Chiemsee!

ZWEI Was du nicht sagst.

Kurze Pause.

EINS Schon wieder ein Handymann!

ZWEI Vor fünf Jahren, als es so heiß war, bin ich mit der Mama immer hierher gefahren, da gab es noch nicht so viele Handys, oder sind sie mir nicht aufgefallen?

Kurze Pause.

ZWEI Ich glaube, eine ganz neue Generation kommt auf uns zu, und wir verstehen sie nicht.

EINS Sie uns doch auch nicht!

Kurze Pause.

ZWEI Wir dürfen unser Jubiläumspaar nicht vergessen!

EINS Nur damit du es weißt, ich sehe das als reinen Pflichtbesuch.

ZWEI Ich hoffe, sie haben einen großen Sonnenschirm draußen! Weil wenn sie drinnen sitzen, lasse ich einen Schrei los, so wie es ihre Tochter immer getan hat: WAS, BEI DEM

SCHÖNEN WETTER SITZT IHR IM ZIMMER!

EINS Hat sie das gesagt?

ZWEI Nicht nur einmal!

ZWEI deutet auf ein großes Werbeschild.

EINS Jetzt weiß ich es endgültig: Eine Maß Bier kostet hier genauso viel wie auf dem Oktoberfest!

ZWEI Dann brauchst du gar nicht mehr hinfahren!

EINS Das glaubst auch nur du.

Längere Pause.

EINS Willst du noch auf den Steg hinaus?

ZWEI Haben wir noch Zeit?

EINS Zeit genug!

ZWEI Da vorne ist eine Bank frei.

EINS Jetzt aber nicht mehr.

Kurze Pause.

ZWEI Die andern sind immer schneller.

EINS Sag das nicht, hier ist noch eine.

ZWEI Wieder zu spät.

EINS Auf einen Schlag ist alles besetzt!

Kurze Pause.

EINS Da drüben legen immer die Dampfer an.

ZWEI Ich hab noch keinen gesehen.

EINS Die Saison ist ja auch schon zu Ende.

Beide stehen am Ufer und schauen auf den See hinaus.

ZWEI *deutet mit der Hand* Die Anhöhe dahinten, ist das der Höllriegel?

EINS Nein, das ist die Grintzinger Höhe!

ZWEI Bist du dir sicher?

EINS Ganz sicher!

Kurze Pause.

ZWEI Meine Eltern sind oft auf die Steinberger Alm gegangen, das haben sie gerne gemacht, da kann man mit dem Auto hinauffahren, das muss in der Ruhpoldinger Gegend sein, also nicht weit, dann kommst du auf die Steinberger Alm, da könnten wir auch mal hinfahren.

EINS Warst du da schon mal?

ZWEI Einmal bin ich von der Steinberger Alm aus zum Hochfelln hinauf.

EINS Du allein?

ZWEI Allein zu Fuß, aber man muss gar nicht so weit gehen, weil man schon nach einem kurzen Stück eine herrliche Sicht auf den Chiemsee hat.

EINS Und wo ist der Hochfelln?

ZWEI Direkt vor dir, der muss es sein. In der Nacht siehst du ihn jedenfalls, weil da eine Seilbahn hinaufführt.

EINS Ist die beleuchtet?

ZWEI Ja, die ganze Nacht!

Kurze Pause.

EINS Jetzt fallen mir erst die Segelschiffe auf. Komisch, seit ich in Rente bin, sehe ich alles anders.

Kurze Pause.

ZWEI Haben wir nicht gesagt, wenn es so weit ist, machen wir eine Weltreise?

EINS Ja, haben wir das?

ZWEI Stell dich nicht so an, du wolltest doch nach Honolulu!

EINS Nein, das warst du, und nach Bora Bora wolltest du, nach China, Mexiko, das waren alles deine Ideen, und auf die Malediven wolltest du auch!

ZWEI Du etwa nicht?

EINS Ich weiß gar nicht, wo die liegen.

ZWEI Ein richtiger Zauderer bist du geworden.

EINS Das hat mit Zaudern nichts zu tun.

Kurze Pause.

ZWEI Wenn ich jetzt nicht zu der Feier müsste, würde ich mich in ein Café setzen.

EINS Ich auch, aber du musst ja immer irgendwo hin.

Kurze Pause.

EINS Wie viele Gäste kommen da eigentlich?

ZWEI Keine Ahnung.

Kurze Pause.

EINS Einen Schnaps könnte ich noch vertragen.

ZWEI Nein, fahren wir lieber.

EINS Das wird wohl das Gescheiteste sein.

Beide gehen zurück zum Auto.

ZWEI *streng* Du fährst jetzt wieder!

* * *

Der Weg zurück

Beide steigen in den Wagen.

EINS Hast du alles?

ZWEI Ja!

EINS startet und fährt los.

EINS Das Steuerrad ist noch ganz warm von der Sonne.

ZWEI Der Sitz auch.

Ein aufgelassener Bauernhof erscheint am Straßenrand.

ZWEI Im Fernsehen haben sie neulich einen Biobauern gezeigt, der früher Milchwirtschaft betrieben hat, jetzt stellt er im Kuhstall Pferde unter, er hat auch Hühner, freilaufende Hühner, die müssen raus aus dem Stall.

EINS *lacht* So wie wir halt auch.

ZWEI Der Biobauer hat eine riesengroße Wiese, und im Hof hat er so Schließfächer, da

schmeißt du das Geld rein und holst dir die
Eier raus.

EINS Gute Idee.

ZWEI Bienen hat er auch.

EINS Dem geht's bestimmt nicht schlecht.

Kurze Pause.

ZWEI Weißt du überhaupt, wo wir uns hier
befinden?

EINS Wieso?

ZWEI Eine Moränenlandschaft ist das.

Kurze Pause.

ZWEI Weißt du, dass das eine
Moränenlandschaft ist?

*EINS wird schneller, setzt zum Überholen an,
schafft es aber nicht.*

ZWEI Pass auf!

EINS Ja, ich pass schon auf!

Kurze Pause.

ZWEI Weißt du, was eine Moränenlandschaft ist?

EINS Verlandung.

ZWEI Nach der Eiszeit.

EINS Was, nach der Eiszeit?

ZWEI Als das ganze Eis geschmolzen ist.

Kurze Pause.

ZWEI Das Eis und das Wasser haben das Geröll vor sich her geschoben, als die Gletscher aufgetaut sind, hat ja das Wasser irgendwo hin müssen, das ist alles heruntergeflossen, hat den Schotter und alles vor sich her geschoben, das ist dann so gruppenweise liegen geblieben, das Geröll.

EINS Ich weiß schon, darum ist ja die Landschaft, durch die wir jetzt fahren, so wellig.

ZWEI Kann man sich doch gut vorstellen, oder?

EINS Da ist dann Gras darüber gewachsen.

ZWEI Aber erst viel später.

EINS Das ist ja schon lange her.

ZWEI Ich weiß nicht, wann die letzte Eiszeit war.

EINS Die letzte Eiszeit – die findet zur Zeit statt!

ZWEI Rede nicht so dumm daher.

EINS Du hast aber gar keinen Humor mehr.

ZWEI Hab ich schon.

EINS Ich war ja nicht dabei seinerzeit, ist mir auch egal, wann die letzte Eiszeit war.

ZWEI Das war doch die Zeit der Neandertaler.

EINS Schon möglich, ich jedenfalls war nicht dabei.

Kurze Pause.

EINS Siehst du die schöne Birkenallee, die gefällt mir besser als deine Theorie.

ZWEI Theorie?

EINS Ich weiß nur, wo Birken sind, ist das Wasser nicht weit, weil das eine typische Wasserpflanze ist.

ZWEI Du meinst Bäume!

EINS Natürlich.

Kurze Pause.

ZWEI Wir wissen viel zu wenig von früher.

EINS Ist das so wichtig, wo es dem Ende zugeht?

ZWEI Was heißt dem Ende zu?

EINS Schau, da hinten ist ein Weiher!

ZWEI Biotop heißt das jetzt.

EINS Von mir aus, zu meiner Zeit sagte man Weiher.

ZWEI Ist das überhaupt dasselbe?

EINS Dasselbe ist nicht das Gleiche, das weiß ich, aber ein Weiher bleibt ein Weiher für mich.

Längere Pause.

ZWEI Hast du heute Nacht die Mähdrescher gehört?

EINS Nein, hab ich nicht.

ZWEI Doch, die ganze Nacht hindurch, in der Früh um sechs auch noch!

EINS Die Maisfelder müssen halt abgemäht werden.

ZWEI Aber warum in der Nacht?

EINS Dass es nicht so staubt, nehme ich an.

ZWEI Dafür haben wir den Lärm.

EINS Ich habe nichts gehört.

ZWEI Was die alles dürfen, und das in einem Wohngebiet!

EINS Wir sind gleich daheim.

* * *

Vor dem Haus

Beide steigen aus dem Wagen.

EINS *holt die Briefe vom Rücksitz* Wohin damit?

ZWEI Wirf sie weg.

EINS geht zur Mülltonne, wirft die Briefe hinein.

ZWEI wartet vor der Haustür.

EINS *leicht besorgt* Geht's dir nicht gut?

ZWEI Nicht besonders.

Kurze Pause.

EINS Meinst du, es ist zu weit?

ZWEI Nein.

EINS Ich habe das Schlafzimmerfenster zugemacht, hast du es gesehen?

ZWEI Ja, ich hab's gesehen.

Kurze Pause.

ZWEI Mir ist leicht übel, aber vielleicht kommt das vom Kopfweh. Rundherum regnet es, nur hier nicht.

EINS Föhn, eindeutig.

Kurze Pause.

ZWEI Legen wir uns hin.

EINS Ja, wenn du meinst.

ZWEI Haben wir noch Zeit?

Kurze Pause.

EINS Zeit genug!

Beide bleiben bewegungslos stehen und blicken ins Leere.

Kein Vorhang.

E N D E

ADELHARD
WINZER
DIE SPRACHGRENZE
GESCHICHTEN. 2018. 184 SEITEN
BOD – BOOKS ON DEMAND,
NORDERSTEDT
ISBN 9783746087429

In mehr als hundert
ineinandergreifenden
Geschichten (die längste hat elf
Seiten, die kürzeste vier Zeilen)
wird anhand der Parabel, der
Groteske, der Fabel und der Übertreibung
von Personen und Ereignissen berichtet,
denen allen gemeinsam die Thematik
„In der Fremde" zugrunde liegt. Skizzenhaft,
lakonisch, phantastisch überhöht,
bis an die Grenzen der Erzählbarkeit.

„Ihre Texte haben lange auf meinem Schreibtisch
gelegen und ich habe immer mal wieder
hineingeschaut. Der Titel ‚Sprachgrenze' ist total
richtig gewählt. Alle Texte machen vor etwas Halt –
eine Wand? Ein Absturz? Ein Paradies? Das
wirkliche Leben? (was immer das ist). Man
wartet auf einen Durchbruch, aber er kommt nicht.
Sehnsuchtstexte! Sehnsucht sehnt sich nach
Erlösung. Aber was könnte das sein?
Gott? Die Liebe? Die Tat?"
Ruth Rehmann in einem Brief an Adelhard Winzer

„Deine Geschichten sind klasse,
sie ziehen den Leser in den Bann,
sind erschreckend ehrlich und hart,
sprachlich fein gesponnen."
Thomas Felber, Buchhandlung Lentner, München

„Ich finde Ihr Werk rundherum gelungen."
Wolfgang Weinkauf

ADELHARD WINZER
ANDREAS. REPRINT. 2019. 80 SEITEN
BOD – BOOKS ON DEMAND,
NORDERSTEDT
ISBN 9783749436804

„Dieses Buch wendet sich Problemen zu, wie
Jugendliche sie in unserer Gegenwart haben können:
der Zweifel am sogenannten Fortschritt, mangelnde
Verbundenheit mit der Natur, Missverstehen der
Erwachsenen im Hinblick auf jugendliches
Verhalten. Das Buch wird gewiß einen Teil von
älteren Kindern und Jugendlichen in
weiterführenden Schulen gut ansprechen."
Prof. Doktor Anton Reinartz,
VJA Nordrheinwestfalen

„Ein wichtiges Buch, insbesondere für Erwachsene,
denn hier können sie etwas erfahren über die Kluft,
die sie zwischen sich und den Kindern aufgebaut
haben und die Unkindlichkeit unserer Welt."
Klaus Friedrich, München

„In dem schmalen Büchlein steht Bedeutsames."
Reichenhaller Tagblatt

„Begegnung mit einem außergewöhnlichen Jungen."
Stuttgarter Nachrichten

„In einem langen Brief schreibt sich Andreas
all das vom Herzen, was ihn freut, aber auch was ihn
bedrückt, was ihm an den Erwachsenen nicht gefällt,
die schuld daran sind, dass Landschaften
zu Betonwüsten werden, die sich immer
streiten müssen, die Kriege führen ..."
Katholischer Kirchenanzeiger

„Das Buch habe ich bekommen und gelesen.
Es gefiel mir. Talentierter Mann!"
Stephan Sulke

ADELHARD WINZER
KRETHI UND PLETHI / DAS KORKENSPIEL
ZWEI STÜCKE. 2019. 124 SEITEN
BOD – BOOKS ON DEMAND, NORDERSTEDT
ISBN 9783750414716. AUFFÜHRUNGSRECHTE:
CANTUS THEATERVERLAG, ESCHACH

KRETHI UND PLETHI. DRAMOLETT

Ein Stück, das die Sprache zum Mittelpunkt hat. Befangenheit und Vorurteile der Menschen. Keine zwingende Handlung. LAYLA (schwarzhaarig) und SABRINA (blond), einheitlich gekleidet, sitzen Rücken an Rücken auf einer Bank, reden über eine fremde Person, stehen auf, gehen im Kreis, deuten mit den Händen, vermeiden es, sich dabei anzuschauen. Ort des Geschehens: Ein Kirchenplatz. Bühnenlicht, das, während sie sprechen, allmählich schwächer wird und den Schatten des Kirchturms näher bringt.

DAS KORKENSPIEL. DRAMA

Alf und Bianca haben ihre Stadtwohnung aufgegeben und versuchen in einem abgelegenen Bauernhof auf dem Land sesshaft zu werden. Eines Tages bekommen sie Besuch von Gitte und Ernst, einem befreundeten Paar aus der Stadt. Sie machen es sich bei Kaffee, Kuchen und Wein im Garten bequem, erzählen von ihren Reisen nach Asien, Österreich, Italien, Mexiko und New York. Während Alf und Bianca sich gegenseitig die Beweggründe ihres Neuanfangs zu erklären versuchen, schwärmen Ernst und Gitte von der ländlichen Umgebung. Ein harmlos erscheinender Nachmittag auf dem Bauernhof, bei dem es am Abend zur Katastrophe kommt.

ADELHARD WINZER
DER PENSIONIST
GESCHICHTEN
2019. 156 SEITEN
BOD – BOOKS ON DEMAND,
NORDERSTEDT
ISBN 9783749455041

*Lieber Gott, ich fühle mich heute so einsam.
Ich will mit Dir sprechen. Wo bist Du? Gehörst
Du der Kirche, wie alle behaupten? Nein, von
Gut und Böse wird da geredet, nicht von Gott.
Als Kind haben mich alle erschreckt mit ihrer
Hölle. Immerzu muss man dort bleiben, haben
sie gesagt, wenn man die Gebote nicht einhält
– bis in alle Ewigkeit! Der Gedanke hat mich
beinahe verrückt gemacht als Kind, weil ich es
verstehen wollte und doch nicht verstand.
O Gott, ich fühle mich heute so einsam. Ich
weiß nicht wohin. Die andern tragen Dich vor
sich her wie einen Schild, schmücken ihre
Bücher mit Bibelzitaten, weil sie selber nichts
sind. Mich beschuldigen sie, weil ich nicht in
die Kirche gehe. Nein, sie beten die Hostie an,
den Altar, das Kruzifix, nicht Dich. Hast Du
nicht zu mir gesagt, schau hin, wo andere
wegschauen? Sei genau, sieh, was richtig ist
und was nicht! O Gott, wo bist Du, ich will
mit Dir reden. Hörst Du mich nicht?*

„Das Surreale und manchmal das
Widersprüchliche ist in den Texten von
Adelhard Winzer zu finden. Immer wieder
fordert er mich heraus über die Inhalte
seiner Geschichten nachzudenken."
Heinz Steinbacher

ADELHARD WINZER
ITALIENISCHE SKIZZEN
PROSA
2020. 136 SEITEN
BOD – BOOKS ON DEMAND,
NORDERSTEDT
ISBN 9783750403208

Der Strand war menschenleer,
der Mond spiegelte sich im Meer.
Ich war hellwach, fing zu schreiben an.
Es war eine Nacht voller Einfälle,
Gedankensprünge. Ich wurde nicht müde.
Der Tag hatte noch nicht begonnen.

„Adelhard Winzers Skizzen benötigen
nur wenige Sätze und Zeilen, um eine
besondere Atmosphäre einzufangen,
über ein Empfinden Auskunft zu geben,
ein Erlebnis zu schildern oder einer
früheren Kränkung nachzuspüren.
Die Reflexionen aus einem an Erfahrungen
überreichen Leben schwingen zwischen den
Themen Sprachlosigkeit und Geschwätzigkeit,
Einsamkeit und Geselligkeit, Zweifel und
Gewissheit. Zudem erweist sich Winzer
als genauer Beobachter menschlicher
Schwächen, der eigenen genauso wie
denen der anderen. Über allem weht ein
Hauch von Melancholie, vermischt
mit italienischer Leichtigkeit.“
Isa Schikorsky

ADELHARD
WINZER
STOCKHOLM BLUES
KURZPROSA
2018. 92 SEITEN
BOD – BOOKS ON DEMAND,
NORDERSTEDT
ISBN 9783752839814

Seit ich denken kann, will ich nach Stockholm.
Kennen Sie Stockholm? Ich war noch nie dort.
Es ist schön, wo ich wohne, ich vermisse nichts.
Also, sagen meine Freunde, was willst du
in Stockholm? Ich weiß nicht. Nachts erwache
ich aus meinem Traum, drehe mich auf
die andere Seite und denke, morgen gehe ich
nach Stockholm. Stets kommt etwas
dazwischen. Ich gehe zur Arbeit, ärgere mich,
gehe wieder nach Hause – schon ist der Tag
vorbei. Wie schön wäre es jetzt in Stockholm,
denke ich, warum bist du nicht nach Stockholm
gegangen! Ich war in Trinidad, ich war in
New York, aber was ist das im Vergleich
zu meinem Traum. Meine Freunde sagen,
geh in dich, vergiss dieses Stockholm,
es bringt dich noch um! Aber in Gedanken
bin ich in Stockholm. Ich weiß nicht warum.
Um was Neues beginnen zu können,
muss ich nach Stockholm. Kennen Sie
Stockholm? Waren Sie schon dort?
Heute wäre ein guter Tag,
um nach Stockholm zu gehen!

ADELHARD
WINZER
VENEDIG, VON HIER AUS
AUFZEICHNUNGEN
2019. 212 SEITEN
BOD – BOOKS ON DEMAND,
NORDERSTEDT
ISBN 9783749437481

Diese Arbeiten
folgen keinem
künstlerischen Konzept,
keiner Gesetzmäßigkeit, keiner
Logik im herkömmlichen Sinn.
Niedergeschrieben in einem Zug,
frei von ablenkenden Gedanken
oder Zugeständnissen an
eine literarische Form
enthält der Band
zweihundert Aufzeichnungen
aus dem Unterbewusstsein.
Allein das Aufhören
am Ende der jeweiligen
Notizbuchseite,
um erneut beginnen
zu können, galt als
Einschränkung beim
Schreiben dieser Texte.

ADELHARD WINZER
DIE KÜRZESTE
LIEBESGESCHICHTE DER WELT
GEDICHTE. 2020. 124 SEITEN
BOD – BOOKS ON DEMAND,
NORDERSTEDT
ISBN 9783750437289

Zuerst wollte nur er
aber sie nicht dann
wollte sie aber er nicht
worauf auch sie
nicht mehr wollte

„Die kürzeste
Liebesgeschichte
der Welt" erzählt von
knappen Augenblicken
des Liebesglücks, vor
allem aber von verpassten
Gelegenheiten, Missver-
ständnissen, Kränkungen
und Vorurteilen, die das
scheue Gefühl schnell wieder
vertreiben. Die Liebe – ersehnt,
erträumt, erhofft – und doch
zu flüchtig, um sie für
immer festzuhalten.

ADELHARD WINZER
LÜGENGESCHICHTEN
2018. 132 SEITEN
BOD – BOOKS ON DEMAND,
NORDERSTEDT
ISBN 9783752862102

Der Mond hat sieben Türen, sprach das Kind.
Ich lebe nicht hinter dem Mond, erwiderte
der Mann. Du hast keine Ahnung, meinte
das Kind, wenn der erst mal seine Hintertür
aufmacht, beginnen die Menschen zu wackeln.
Von wegen wackeln, sagte der Mann. Ja,
wenn der Mond wirklich wollte, könnte
er die ganze Welt überschwemmen,
aber er hat Mitleid mit uns, vor allem
mit den alten Leuten. Ich bin nicht alt,
entgegnete der Mann. Für ganz Alte, sagte
das Kind, macht er die Vordertür auf,
dort können sie hineingehen! Und das
Kind verschwand wie es gekommen war.
Blödsinn, dachte der alte Mann, drehte sich
auf die andere Seite, und konnte doch nicht
einschlafen. Seine Gedanken begannen
um den Mond zu kreisen, um die Erde,
um alte Leute. Schließlich träumte er,
durch eine große weite Tür zu gehen.
Alle Menschen machten ihm Platz,
verbeugten sich und riefen:
Wo warst du denn die ganze Zeit!

ADELHARD WINZER
GRUNDSÄTZE
ÜBER DIE KUNST
2018. 72 SEITEN
BOD – BOOKS ON DEMAND,
NORDERSTEDT
ISBN 9783748102038

*Schon als Kind versuchen sie
dich wegzubringen von dir selbst:
Die Wissenschaft, die Mode,
das Fernsehen, Religionen,
Parteien und Politiker. Alle sagen
sie: Glaub an mich! Glaub an mich!
Wer hat dir jemals gesagt:
Glaub an dich selbst!?*

*Der Sommer, das Fahrrad, Blätter im Sand,
der Wald und die Nacht und die Stimmen,
das Lachen, der Himmel, die Kräuter
und Beeren, Geschmack von Rauch
in der Luft, Pfennigstücke neben den
Eisenbahnschienen, die Wiesen, die
Äcker, die Farben, die Birken,
Getreidefelder im Wind, der
Hügel, der See, Nebel und Bläue,
Vater, Mutter, Winter im Land,
der Schal und der Schlitten,
Bruder, Schwester – gesehen
aus einem engen Raum.*

ADELHARD
WINZER
DIE KUNST DES
DRACHENTÖTENS
CAPRICCIOS
2020. 148 SEITEN
BOD – BOOKS ON DEMAND,
NORDERSTEDT
ISBN 9783751937122

*Der große Moment, wenn
jemand zu lachen anfängt,
einen Schritt auf dich zugeht,
ohne finstere Absicht. Was für ein
Augenblick! Die Gedanken,
die hin und her gehen.
Zuversicht oder Aufrichtigkeit?
Vertrauen oder Misstrauen?
Was hat das eine mit dem
anderen zu tun, der
endlose Monolog?*

„Die Kunst des Drachentötens"
handelt von Stimmen in der Nacht,
von Phantasien und Traumsequenzen,
teilweise surreal anmutend, mystisch,
absurd. Assoziative, vielsinnige
Gedankenketten, die in eigenwilligem
Rhythmus auf hintergründige, kaum
greifbare Weise die Ungewissheiten,
Unwägbarkeiten und Fragen
umkreisen, vor die das Leben
uns täglich stellt.

ADELHARD WINZER
LIEBLOSE ZEITEN
GEDICHTE. 2020
116 SEITEN. PAPERBACK
BOD – BOOKS ON DEMAND,
NORDERSTEDT
ISBN 9783750452015

*Nicht durch getreues Nachahmen
oder Beschönigen der Realität allein
durch Aufdecken und Hinterfragen
von Ungereimtheiten und Lügen
bekäme das Schreiben einen Sinn*

*Dein Wesen ist wie der Schatten
nein das stimmt nicht dein
Wesen ist nicht vollkommen
nur dein Schatten also
halte dich an den Schatten*

Wie lebt und liebt man in unseren
unsicheren Zeiten, in denen nichts
mehr gewiss ist? Wie wird man
gelassen und weise? Wie geht man
mit Ängsten und Sehnsüchten
um? Adelhard Winzer misstraut
einfachen Antworten. Seine
eigensinnigen Gedichte fordern
zum achtsamen Lesen, zum Mit-
und Nachdenken auf und lassen
dabei eine völlig neue Sichtweise
auf allzu Gewohntes und
Vertrautes entstehen.

ADELHARD WINZER
LIEBES, BÖSES KIND
DRAMA. 2020
88 SEITEN. PAPERBACK
BOD – BOOKS ON DEMAND,
NORDERSTEDT
ISBN 9783751976794

*Als Kind hatte ich so viel Liebe in mir,
mich gefreut über das Schöne im Leben.
Aber meine Liebe wollten die Leute nicht.
Man muss seine ganze Liebe geben, haben
sie gesagt. Aber das stimmt nicht, man
muss alles verheimlichen, verstecken,
wie im Krieg. Wenn du zu viel Liebe gibst,
nehmen dich die Leute nicht ernst. Liebe
ist ein Fremdwort. Liebe schreibt
man ganz anders!*

Ein Soldat kommt von einem
Einsatz zurück, der ihn die beste
Zeit des Lebens gekostet hat. Er
besucht das Oktoberfest. Trifft sein
zweites Ich. Begegnet unerwartet
einem Freund, der ihm ein Geschäft
vorschlägt. Findet sich in einem
Separee wieder. Besucht seine
Schwester. Kehrt endgültig
nach Hause zurück.

ADELHARD
WINZER
MARATONGA
EIN TRAUMSPIEL
PAPERBACK
2020. 104 SEITEN
BOD – BOOKS ON DEMAND,
NORDERSTEDT
ISBN 9783751993920

Denn nichts ist für die Ewigkeit
Alles andere nur Träumerei

Ein Mann und eine Frau treffen
sich nach jahrzehntelanger
Trennung wieder, sie erzählen
davon, wie und wo sie ihre
Zeit ohneeinander verbracht
haben, was sie gesehen, erlebt
und empfunden haben dabei. Sie
vertrauen sich Geheimnisse an,
gehen gemeinsam zum Essen,
betrachten alte Fotoalben, erzählen
von den unwiederbringlichen
Zeiten, aber auch vom Heute,
das ihnen leer und zukunftslos
erscheint. Ein Traumspiel
von Liebe, Freundschaft,
Sehnsucht und Tod.

ADELHARD WINZER
STRANDGUT. MINIATUREN
2021. 216 SEITEN
BOD – BOOKS ON DEMAND,
NORDERSTEDT
ISBN 9783750442276

*Der Wind trägt dich hinaus
aufs Meer. Möwen erzählen
dir was von gestern. Die Sonne
nur noch ein Funke. Auch deine
Bewegungen werden langsamer.
Ein Segelflieger landet auf dem
Wasser. Ein Tag im August, der nie
wieder kommt. Die Häuser weit weg.
Du schwimmst um dein Leben.
Am Strand winken dir Leute
zu. Du weißt nicht warum.
Kein rettender Gedanke.*

Im Sommer 2010 begann ich in
Italien Aufzeichnungen zu machen,
schnell und ohne das Geschriebene
noch einmal zu lesen. Sechs Jahre
später habe ich auf die gleiche Weise
ein Notizbuch geführt, beide Fassungen
überarbeitet, neu zusammengestellt und
zur Veröffentlichung freigegeben. Spontane
Prosastücke, Miniaturen, unvollendete
Geschichten über Freundschaft und Liebe,
und die Vergänglichkeit des Lebens.

ADELHARD
WINZER
HEIMKEHR
ERZÄHLUNG
2021. 88 SEITEN
BOD – BOOKS ON DEMAND,
NORDERSTEDT
ISBN 9783753408361

Die Tochter besucht ihren Vater,
den sie seit ihrer Kindheit nicht mehr
gesehen hat. Sie redet mit ihm, als wäre
er nur ein Bekannter, bestenfalls ein Freund,
nicht ihr leiblicher Vater, der sie und ihre
Mutter von heute auf morgen verlassen
hat. Der Vater, ein mehr oder weniger
erfolgreicher Künstler, gibt seine
Beweggründe nicht preis, spricht nicht
darüber, auch nicht mit der Tochter.
Keine gegenseitigen Vorwürfe, kein
Streit, kein offener Schlagabtausch.
Über alles Mögliche wird gesprochen,
bloß nicht über die Trennung. Dennoch
spiegeln sich in ihrer Mimik und Gestik
Unsicherheit und Bedrängnis wider. Im
Laufe des Nachmittags, den sie im Büro des
Vaters, am Chiemsee und auf der Terrasse
eines Restaurants verbringen, entwickeln sie
nach und nach freundschaftliche Gefühle
füreinander, sodass sich die Spannungen
am Ende ins Positive wenden.

ADELHARD WINZER
ÜBER DIE SPRACHE HINAUS
BIOGRAPHISCHES. 2021. 84 SEITEN
BOD – BOOKS ON DEMAND,
NORDERSTEDT
ISBN 9783753460789

LA PALOMA. Kindheit. Schlager. Kunst
Empfindung. SCHWEIZ. Literatur. Schreiben
DONAUMOOS. Planung. Lehrbücher. SOB
Bühne. ANDREAS. In der Schwebe. MUNDART
Verständigung. GRAN CANARIA. Spätentwickler
DJ. Zufriedenheit. Radio. BANKKAUFMANN
AKKORDEON. Gitarre. Berufsmusiker. Probleme
JACK KEROUAC. Selbstfindung. Gegenwart
Optimist. Zeichnen. GITARRE! Geschichten
MAX FRISCH. Groß und Klein. Geburtsort
Was ist wichtig? Liebe. VETTER SEPP
Schwächen. Großeltern. Schneckmo
Schule. PAUL KLEE. Vater. ALLEIN
Mutter. Anneliese. Bauernhof
Interessen. Häxelmaschine. Unfall
Lesen. MÜNCHEN. Knecht. Trauer
Reue. Familie. Passion. Zuhause

„Adelhard Winzer hat viele Rollen
eingenommen in seinem Leben, viele
Entscheidungen getroffen, aber auch
einiges bereut. In diesen Lebensnotizen
beschreibt er, wie Heimat duftet,
wie sich Angst und Zerrissenheit
anfühlen, wie der Ruhm schmeckt –
und wie er zum Schreiben kam.
Eine lesenswerte Lebensreise."
Dr. Maria Karafiat

ADELHARD
WINZER
ICH BIN OFFEN FÜR ALLES
GESCHICHTEN
2021. 160 SEITEN
BOD – BOOKS ON DEMAND,
NORDERSTEDT
ISBN 9783754311431

*In dieser Welt, in der es bald mehr
Autos geben wird als Kinder, möchte ich
kein Kind mehr sein. Das ist es ja,
was sie dir austreiben wollen:
die Unbekümmertheit, damit sie
nicht ausufert, keinen eigenen
Klang bekommt.*

„Ist unsere Welt vielleicht doch nicht
die beste, sondern die schlechteste
von allen? Widersprüchlich, ungerecht,
voll Lüge und Heuchelei, bewohnt
von Ehrgeizlingen, Wichtigtuern
und Besserwissern? So zumindest
empfinden es der manchmal
kindliche und manchmal erwachsene
Erzähler dieser knappen Geschichten,
Beobachtungen und Reflexionen.
Auch die Liebe hat es schwer in
dieser gnadenlosen Gesellschaft
der Gegenwart. Adelhard Winzers
Miniaturen sind so klar und
deutlich formuliert, dass einem
beim Lesen das Lachen im
Hals stecken bleibt.“
Isa Schikorsky

ADELHARD WINZER
BABYLON! / CALLAS
ZWEI STÜCKE
2021. 156 SEITEN
BOD – BOOKS ON DEMAND,
NORDERSTEDT
ISBN 9783754312605

BABYLON. KOMÖDIE

Absalon und Bischof erzählen sich in
einer geschlossenen Anstalt Geschichten
über den Krieg, über die Manipulation
staatlicher Fördergelder, über die
Schwierigkeiten, ein Haus zu vermieten,
über den ganz normalen Wahnsinn des
Lebens. Sie fantasieren über die wüsten
Zustände in Großbritannien und den Traum,
in unserer hochtechnisierten Welt einen
Freund zu finden. Und sie kommen
zu dem Schluss: Jeder sollte einen
Freund aus einem fremden Land
haben. Dann ginge es der Welt
und den Menschen besser.

CALLAS. EIN SPIEL

Was ist Egoismus? Und was ist
Größe? Was ist Unterwürfigkeit?
Was Aufopferung und was
Gerechtigkeit? Adelhard Winzer
versucht in diesem Stück eine Antwort
zu finden auf die ungelösten Fragen
des Lebens. In der Scheinwelt
genauso wie in der Realität und
der Kunst in unserer Zeit.

ADELHARD WINZER
LEBENSLAUF. GEDICHTE
2021. 100 SEITEN
BOD – BOOKS ON DEMAND,
NORDERSTEDT
ISBN 9783754315088

Kindsein
Früher als es noch
kein Früher gab

Was
Was will ich
was soll ich
was muss ich

Aus eigener Kraft
Sei offen waghalsig
ehrlich bereue nichts

Die Liebe
Die Liebe gilt
nichts mehr
wo nur noch
gemordet wird
auch wenn sie
nicht tot ist

Die großen Themen der
Menschheit: Freud und Leid, Trauer,
Zuversicht und Liebe, eigenwillig
auf den Punkt gebracht, widersetzen sich
flüchtiger Lektüre. Die Unmöglichkeit,
die Texte ganz normal zu lesen, ist
das auffälligste Merkmal dieser
Gedichte. Sie zwingen einen zum
Nach- und Weiterdenken.